Durchs Leben mit Focusing

Ein Kurzroman

Arno Katz

Bibliografische Information der Deutschen Nationalbibliothek:
Die Deutsche Nationalbibliothek verzeichnet diese Publikation in der Deutschen Nationalbibliografie; detaillierte bibliografische Daten sind im Internet über http://dnb.dnb.de abrufbar.

© *2014 Arno Katz*

Umschlagfoto:
© *2012 Arno Katz (Monumento del Ángel Caído en los Jardines del Buen Retiro)*

Hinweis: Der vorliegende Roman dient als Illustration des Inner Relationship Focusing nach Ann Weiser Cornell und Barbara McGavin. Er ersetzt weder Focusing-Training noch psychologische Beratung. Falls Sie Focusing-Training wünschen oder psychologische Beratung benötigen, wenden Sie sich bitte an einen dafür ausgebildeten Experten.

Herstellung und Verlag: BoD – Books on Demand, Norderstedt

ISBN: 978-3-7322-9431-2

Für meine Kinder
Lara und Adrian

in bedingungsloser Liebe...

Inhaltsübersicht

Prolog		9
Kapitel 1:	In Präsenz kommen	13
Kapitel 2:	Der Felt Sense des Körpers	22
Kapitel 3:	Der innere Prozess	26
Kapitel 4:	Das Gefühl über das Gefühl	34
Kapitel 5:	Identifikation und Verbannung	39
Kapitel 6:	Naher und entfernter Prozess	45
Kapitel 7:	Interaktion	49
Kapitel 8:	Lebensenergie	54
Epilog		57
Anhang:	Focusing-Selbstinstruktionen	59

Prolog

Madrid. Puerta del Sol. Der geographische Mittelpunkt Spaniens und im Augenblick der Mittelpunkt meiner Welt. Der erste Glockenschlag ertönt vom kleinen Turm über der Casa de Correos. Eifrig stopfen sich die Menschen um mich herum die erste Weintraube in den Mund. Dann die zweite, dann die dritte. Einem jungen Mann mit blutunterlaufenen Augen neben mir flutscht eine Weintraube durch die Finger und landet auf dem Boden. »¡Joder!« Die Weintraube kullert über die Steinplatten und bleibt genau vor meinem rechten Fuß liegen. Es wäre ein Leichtes, den Fuß zu heben und sie zu zertreten. Stattdessen bücke ich mich, hebe sie auf und reiche sie dem Mann. »Muchas gracias.« Verzweifelt versucht er nun, mehrere Trauben gleichzeitig in den Mund zu stopfen, um es noch bis zum letzten Glockenschlag zu schaffen. Doch irgendwie ist er aus dem Rhythmus gekommen.

Wir stehen genau neben der Statue meines Namensvetters, Karls des Dritten, hoch oben auf seinem Ross. Im 18. Jahrhundert trug er entscheidend dazu bei, die Ideen der Aufklärung in Spanien zu verbreiten. Außerdem schmiss er die Jesuiten aus dem Land und aus den Kolonien in der neuen Welt.

Dann ist es so weit. Der zwölfte Glockenschlag ertönt. Die Menge jubelt. »¡Feliz año nuevo!« Ana gibt mir einen dicken Kuss auf die Wange. Nur der Mann mit den blutunterlaufenen Augen schaut etwas verdutzt aus der Wäsche. Das neue Jahrtausend ist angebrochen. Ein neues Zeitalter. Die letzten Weintrauben sind verschwunden und Raketen steigen mit Getöse in die Luft.

»¡Ven, Carlos! Vamos a tomar algo.«, ruft mir Antonio zu.

»No me llamo Carlos. Me llamo Karl.«

»Dáte prisa, Carlos. Vamos a Chueca.«

Auch das hat sich geändert. Für meine Freunde hier bin ich Carlos.

Während wir uns mit den Ellenbogen einen Weg durch die Massen bahnen, habe ich eine vage Ahnung in der Brust: Das neue Jahrtausend wird ungeahnte Möglichkeiten bringen. Nicht nur für mich.

Wir quetschen uns an den Menschen in der Calle de la Montera vorbei, biegen dann rechts in die hellbeleuchtete Gran Vía, gehen ein paar Meter und laufen dann links in die Calle de Hortalza. In einem Hauseingang steht ein junges Mädchen und übergibt sich. Daneben eine Gruppe lachender Jugendlicher. Nach einer Weile erreichen wir unser Ziel, die Calle de la Libertad in Chueca. Chueca ist eines der Ausgehviertel in Madrid. Eines von vielen.

Café Libertad 8 ist unser Treffpunkt, unsere Stammkneipe. Dort steht schon Chris an der Theke. Antonio bestellt Ana und mir ein Bier und sich selbst einen Cuba Libre. Trinkend und quatschend verbringen wir den Rest des Abends.

Gegen drei Uhr zupft mich Ana am Ärmel. Sie ist müde und will nach Hause. Auch mir fallen langsam die Augen zu. Wir rennen zurück zur Gran Vía und winken einem Taxi zu, das gerade mit Vollgas vorbeirauscht. Zu unserer Überraschung hält es mit quietschenden Reifen und wir steigen ein. Silvester im Zentrum von Madrid ein Taxi zu bekommen ist wie ein Sechser im Lotto.

Die Fahrt zur Calle de Manuela Malasaña dauert nur ein paar Minuten, kostet uns aber ein Vermögen. »Nachtzuschlag«, erklärt uns der Taxifahrer grinsend. Mein Akzent und mein Aussehen verraten mich als Ausländer. Keine Lust, das neue Jahrtausend mit einem Streit zu beginnen.

Ich öffne die Tür, die in die Lobby führt. Etwa zwanzig Wohnungen gibt es hier. Wir laufen die Treppe hinauf in den dritten Stock und betreten meine Wohnung.

Meine Wohnung. Ein großer Raum, laut Mietvertrag 24 Quadratmeter, mit einem kleinen abgetrennten Bad. Eine Kochzeile in der Ecke, ein riesiges Fenster mit Blick auf die graue Wand des Innenhofs. Tageslicht habe ich kaum, dafür kann man es hier im Sommer aushalten, wenn draußen brütende Hitze von 40 Grad die Madrilenen in die klimatisierten Cafés treibt. Außerdem kann ich mir die Wohnung von meinem spärlichen Einkommen leisten. Hier fühle ich mich wohl.

Ana putzt sich die Zähne, schmeißt sich aufs Bett und schläft sofort ein. Ich öffne eine Dose Mahou – San Miguel mag ich nicht – und setze mich auf meinen Lieblingssessel. Na ja, ich habe ja nur einen.

Ich trinke einen Schluck und denke mit Sorge an das neue Jahr. Werde ich genug Geld haben, um über die Runden zu kommen? Etwas in mir ist besorgt! Ich spüre das als Stechen in der Brust. Sanft lege ich meine Hand auf die Stelle...

Mir wird bewusst, wie sehr sich meine Beziehung zu mir selbst verändert hat. Ich habe gelernt, mit dem, was in mir vorgeht, in Präsenz zu sein. Präsenz hat mir schon oft den Hals gerettet. Präsenz erfordert nur einen kleinen inneren Schritt, der jedoch lebensverändernd ist.

Ich trinke mein Bier aus, gehe ins Bad und blicke in den Spiegel. Verbraucht sehe ich aus mit meinen 29 Jahren. Auch dieser Empfindung begegne ich mit Präsenz. Dann lege ich mich neben Ana.

Im Traum stehe ich wieder an der Puerta del Sol. Der Platz ist menschenleer. Ich sehe die Weintraube vor meinem Fuß und zertrete sie genüsslich.

Kapitel 1

In Präsenz kommen

Ich wache auf und schaue auf meinen Wecker. Fast zehn Uhr. Gähnend ziehe ich meine Pantoffeln an, schlurfe in die Kochecke und koche Kaffee. Ana liegt noch im Bett und schläft tief und fest. Ich setze mich auf meinen Sessel und trinke einen Schluck aus meinem Becher. Der erste Schluck Kaffee am Morgen! Ein ganz besonderer Moment! Ich blicke auf die graue Wand vor meinem Fenster. An einer Stelle wächst Moos, das sich strahlenförmig in alle Richtungen ausbreitet. Vielleicht ist es auch kein Moos. Jedenfalls das einzige Grün, das ich von meinem Fenster aus sehe. Meine Gedanken kehren zum Thema Präsenz zurück...

Präsenz ist der Zustand, in dem mir bewusst ist, was in mir vorgeht, und in dem ich in der Lage bin, alles da sein zu lassen und mich allem mit Interesse zuzuwenden. In Präsenz kann ich mein inneres Erleben wahrnehmen und eine Beziehung zu allem, was ich spüre, aufbauen, ohne mich mit irgendetwas davon zu identifizieren und ohne irgendetwas zu verdrängen. In Präsenz kann ich alles in mir ohne Wenn und Aber annehmen. Wenn ich mich in Präsenz befinde, bin ich sozusagen mein größeres Ich, das allen kleineren Anteilen meines Ichs Raum bietet, das aber mehr ist als jeder einzelne dieser Teile. Wenn ich mich mit irgendetwas identifiziere, dann mit Präsenz, dem wahrnehmenden Ich, und nicht mit den wahrgenommenen Einzelteilen.

Auch viele andere Methoden haben so etwas wie Präsenz, sie nennen es nur anders. Focusing hat kein Monopol auf Präsenz. Keine andere Methode lehrt jedoch Schritt für Schritt, wie man in diesen Zustand kommt. Menschen zu sagen, »Nimm wahr, was in dir vorgeht, ohne dich damit zu identifizieren«, reicht einfach nicht. Man muss ihnen genau zeigen, wie das geht. Und Präsenz ist erst der Anfang. Es gibt noch viel mehr...

Während ich so dasitze und meinen Kaffee schlürfe, segelt auf einmal eine glühende Zigarettenkippe draußen an der Scheibe vorbei. Offensichtlich steht Francisco wieder am Fenster und qualmt. Seine Frau hat ihm verboten, in der Wohnung zu rauchen. Francisco ist Busfahrer. Die Sorte Busfahrer, die schon mit Vollgas anfährt, bevor alle Fahrgäste sitzen. Ein einziges Mal bin ich per Zufall in Franciscos Bus eingestiegen. Da auf der üblichen Strecke gebaut wurde, hat er eine Abkürzung über die Autobahn genommen. Franciscos Frau ist ein dicker Hausdrachen, der ihn von morgens bis abends tyrannisiert. Eigentlich erst ab abends, weil Francisco tagsüber ja Bus fährt und Fahrgäste um die Ecke bringt. Wenn die beiden streiten, bebt die Decke. Und danach muss sich Francisco erst einmal bei einer Zigarette beruhigen, deren Stummel er dann aus dem Fenster wirft. Vorbei an meinem Fenster. Wenn ich an die Scheibe trete und in den Innenhof schaue, sehe ich nichts als Zigarettenkippen. Die Welt vor meinem Fenster ist ein riesiger Aschenbecher! Wut steigt in mir auf. Innere Bilder kommen, in denen ich nach oben laufe und Francisco die glimmende Zigarette dorthin stecke, wo es weh tut. Ich bin wütend!

Jetzt spüre ich, dass ich nicht in Präsenz bin. Ich bin mit der Wut in mir identifiziert. Ich *bin* die Wut. Das zu spüren ist der erste Schritt zurück in die Präsenz. Ich formuliere bewusst um: *Etwas* in mir ist wütend! Das bringt ein bisschen Abstand und frische Luft. Nicht *ich* bin wütend, sondern *etwas* in mir. Und ich in Präsenz bin derjenige, der das spüren kann. Ich bin derjenige, der sich der Wut freundlich zuwenden und sie mit Neugier erforschen kann.

Die Wut hat einen Ort in meinem Körper. Ich spüre sie in meinem Bauch. Sanft lege ich meine Hand auf die Stelle, um sie wissen zu lassen, dass ich bei ihr bin. Ich spüre etwas in meinem Bauch, das wütend ist. Das fühlt sich schon viel besser an, obwohl die Wut natürlich noch immer da ist. Ich nehme mir etwas Zeit zu beschreiben, wie sich die Stelle in meinem Bauch anfühlt. Wie ein Ballon, der bersten möchte. Ich spüre nach, ob es das trifft. Nein, eher wie ein Vulkan, der nicht ausbrechen kann, weil eine riesige Bleiplatte auf ihm liegt. In diesem Moment wird Ana wach. Sie setzt sich auf und reibt sich verträumt die Augen.

Die Formulierung, die mit »Ich spüre etwas in mir, das...« beginnt, ist eine Möglichkeit, aus der Identifikation mit dem Etwas herauszutreten und in Präsenz zu kommen. Es geht nicht darum, einfach nur anders zu sprechen, und dann ist Friede, Freude, Eierkuchen. Diese Formulierung erinnert mich daran, dass ich mehr bin als das, was in mir vorgeht. Ich bin das Ich, das etwas spürt. Ich bin nicht der Inhalt meines Erlebens, sondern derjenige, der ihn wahrnimmt.

Eine zweite Möglichkeit, in Präsenz zu kommen, besteht darin, sanft die Hand auf die Stelle zu legen, an der man etwas fühlt, falls es einen körperlich spürbaren Ort gibt. Falls nicht, kann ich das Etwas begrüßen und anerkennen, dass es da ist, wo auch immer es sich befindet: »Hallo, ich nehme wahr, dass du da bist.«

Ana blickt mich verschlafen an und nun ist keine Zeit mehr. Ich lasse die Wut wissen, dass ich später zu ihr zurückkehren werde, und hole Ana einen Becher heißen Kaffee. Wie süß sie aussieht, wenn sie gerade wachgeworden ist.

Ich renne zu Puras Bar unten an der Ecke – in Madrid scheint jeder Häuserblock seine eigene Bar zu haben – und kaufe Churros. Das sind fettige Spritzgebäckkringel, die die Spanier gerne zum Frühstück verputzen. Ana liebt Churros. Pura packt mir die Churros in eine Plastiktüte. Gemeinsam trinken Ana und ich Kaffee und tunken unsere Churros ein. Die perfekte Art und Weise, das neue Jahrtausend zu beginnen.

Ana lebt bei ihren Eltern in Leganés, einem Satellitenvorort südlich von Madrid mit etwa 180.000 Einwohnern. Viele junge Spanier wohnen noch bei ihren Eltern, weil sie sich die teuren Mieten nicht leisten können. Außerdem ist die Jugendarbeitslosigkeit verdammt hoch.

Heute am Feiertag fahren die Busse unregelmäßig. Deswegen hat Francisco ja auch frei und steht am Fenster und raucht. (»Hallo Wut, ich spüre, du bist immer noch da!«) Ana entscheidet sich daher, mit dem Zug nach Hause zu fahren. Ich begleite sie mit der Metro bis Atocha, einem der größten Bahnhöfe

Madrids, der südlich vom Retiro-Park in der Nähe des Landwirtschaftsministeriums liegt. Ich bin häufig hier in der Gegend, denn in unmittelbarer Nähe befindet sich das Centro de Arte Reina Sofía, in dem Picassos *Guernica* ausgestellt ist.

Ich erinnere mich an das erste Mal, als ich den großen Saal mit dem riesigen Gemälde betrat und fast erschlagen wurde von der Wucht des dargestellten Leids. Kein anderes Kunstwerk des letzten Jahrhunderts – oder vielleicht sogar Jahrtausends – fängt den Horror des Krieges derart atemberaubend ein. Die zerbrochenen Körper! Die verzweifelten Gesichter! Wenn man vor dem Bild steht und offen ist für sein körperliches Erleben, kann man den Albtraum förmlich am eigenen Leibe spüren. Oder besser gesagt: im eigenen Leibe. Das körperliche Erspüren eines Kunstwerkes, bewusst zu fühlen, was das Kunstwerk mit einem macht, das ist das Eigentliche, was die Kunst von uns fordert. Natürlich kann man sich auch durch intellektuelles Geschwätz die Kunst vom Leibe halten...

Nachdem Ana in den Zug gestiegen ist und mir durch das Fenster noch eine Kusshand zugeworfen hat, verlasse ich Atocha, laufe die Calle de Alonso XII entlang und betrete den Retiro-Park. Etwas nördlich von hier befindet sich das Gebäude des Prado-Museums, das übrigens von meinem Namensvetter errichtet wurde, als er einmal gerade keine Jesuiten jagte. Im Prado bin ich so gut wie nie, obwohl dort Bilder von Goya und Velázquez zu sehen sind.

»Retiro« heißt »Rückzug« und genau dafür nutzen die meisten Madrilenen den Park. Auch ich bin gerne hier. Manchmal überfordern mich die Autos, die Straßenschluchten, die Menschenmassen und der Lärm. So als wäre Massenkarambolage auf meinen Nervenbahnen. Wenn ich den Retiro betrete, bin ich in einer anderen Welt, einer verwunschenen Welt aus barocken Brunnen, kleinen Straßencafés und einem riesigen Bestand aus alten und wundervollen Bäumen. Bäume! Davon hat Madrid nicht allzu viele. Hier im Retiro finde ich zu mir selbst.

Ich schlendere den Paseo del Duque Fernán Núñez entlang. Auf einer Straßenseite stehen ein paar Peruaner und unterhalten sich angeregt. Peruanisches Spanisch klingt wie Musik in meinen Ohren. Aufgrund der gemeinsamen Geschichte bestehen besondere Abkommen zwischen Spanien und Peru, die es Peruanern leicht machen, einzureisen und hier zu arbeiten.

Nach einer Weile komme ich an einen kleinen Platz. Hier befindet sich die einzige Statue der Welt, die zu Ehren Luzifers errichtet wurde. Ich schaue hinauf zum gefallenen Engel aus schwarzem Stein. Verzweifelt blickt er gen Himmel. Am Fuße der Statue liegt ein Brunnen mit Wasser speienden Dachen.

Ganz benommen von der Schönheit des Monuments biege ich in die Avenida de Cuba ein, laufe vorbei am Palacio de Cristal, immer weiter geradeaus, bis ich an einen kleinen künstlichen See komme, den Estanque del Retiro. Im Hintergrund das Denkmal Alfons des XII. Vor mir ein Straßencafé.

Ich setze mich draußen an einen freien Tisch und bestelle einen Cortado – Kaffee mit einem kleinen Schluck Milch. Der Wind wirbelt trockene Blätter über den Boden. Ein paar Spatzen picken heruntergefallene Brotkrümel zwischen den Tischen auf. Dickverpackt in einem Schneeanzug rennt ein kleiner blonder Junge hinter den Spatzen her. Am Nebentisch sitzen die Eltern und schauen ihm zu.

Plötzlich steigt lähmende Übelkeit in mir auf. Es ist so, als hätte mir jemand mit der geballten Faust in die Magengrube geschlagen. Mir bleibt die Luft weg! Verdammt, was mache ich nur hier! Ich sollte in Deutschland sein und an meiner Karriere feilen! Mir ein Leben aufbauen! Ich zahle und stehe auf.

Ich suche mir eine leere Parkbank mit Blick auf den See. Ein paar Bötchen fahren trotz der eisigen Kälte. Ich schließe die Augen...

Dann lasse ich meine Aufmerksamkeit ganz zu mir kommen... Ich spüre meinen Körper als ganzen, als eine Form, hier im Park... Anschließend gehe ich mit meiner Aufmerksamkeit in meinen Körper. Zunächst in die Füße... Ich spüre meine Füße, was sie berühren und wie sich das anfühlt... Ich lasse meine Aufmerksamkeit etwas hinaufgleiten, in die Unterschenkel... die Knie... die Oberschenkel... Ich spüre den Kontakt meines Körpers zur Bank... Spüre, wie ich von der Bank getragen werde... Spüre die Unterstützung von unten... Ich nehme meinen Rücken wahr... die Schultern... die Oberarme... und die Unterarme... Ich spüre, was meine Hände berühren und wie sich das anfühlt... Dann lasse ich meine Aufmerksamkeit behutsam nach innen gehen, ins Innere meines Körpers, in den Hals... die Brust... den Magen... und den Bauch... Ich nehme mir wirklich Zeit, in mir anzukommen, so als wäre dort mein Zentrum, mein Zuhause... Ich bleibe etwas dort mit meiner Aufmerksamkeit... mit ganz freundlichem Interesse... Dann wende ich mich dem zu, was jetzt in mir meine Aufmerksamkeit braucht... Ich spüre die Übelkeit im Magen... Ich lasse sie wissen, dass ich sie wahrnehme, und vergleiche das Wort »Übelkeit« mit dem Gefühl... »Übelkeit« passt nicht ganz genau... Es ist eher wie ein... inneres Erbrechen... »Ausbrechen«, das ist das Wort! Ich überprüfe das Wort an dem Gefühl im Magen und es passt ganz genau. Ich merke das daran, dass die Intensität ein wenig nachlässt. Etwas in mir will ausbrechen. Ich spüre, ob es sich richtig anfühlt, dabei zu bleiben... Nichts widerspricht dem und ich bleibe mit interessierter Neugier dabei, um dieses Etwas, das ausbrechen will, besser kennenzulernen... Ich spüre nach, wie es sich von seinem Standpunkt aus fühlt, ob es seine eigene Emotion hat, seine eigene Stimmung oder Gefühlslage... Es hat alles so satt, fühlt sich übersättigt, möchte ausbrechen, alles loswerden, neu beginnen... Ich lasse es wissen, dass ich all das höre... Das bringt ein bisschen Erleichterung... Ein wenig neue Energie durchströmt mich... Ich spüre, da ist noch mehr...

In dem Moment klingelt mein Handy in der Jackentasche. Verdammt, ich habe vergessen, es auszuschalten! Ich bin es einfach nicht gewohnt, ein Telefon bei mir zu tragen, immer erreichbar zu sein. Auch das wird sich im neuen Jahrtausend ganz sicher ändern. Ich zögere einen Moment. Dann verabschiede ich mich von dem in mir, das alles loswerden und neu beginnen möchte. Ich werde dazu zurückkehren, sobald es nach mir ruft und ich Zeit habe.

Ich nehme den Anruf an. Es ist Antonio, der mir dringend etwas erzählen will. Wir verabreden uns für morgen zum Mittagessen in der Bar La Camocha in der Calle de Fuencarral. Heute möchte ich meine Ruhe haben. Antonio klingt enttäuscht.

Mit der Aufmerksamkeit in den Körper zu gehen, zunächst in die äußeren Bereiche, dann in den Innenraum, und auf körperlicher Ebene zu spüren, was in einem vorgeht, ist eine dritte Möglichkeit, in Präsenz zu kommen.

Den Rest des Tages verbringe ich alleine in meiner Wohnung mit Thomas Manns *Zauberberg*. Eines der wenigen Bücher, die ich von zuhause mitgenommen habe. Ana bleibt heute bei ihren Eltern.

Nachts träume ich: Ich bin wieder im Retiro und gehe über den Paseo del Duque Fernán Núñez. Die Peruaner sind verschwunden. Ebenso alle anderen Menschen. Ich komme zur Statue Luzifers und bleibe stehen. Wieder sehe ich hinauf. Der Mond spiegelt sich auf dem muskulösen Körper des gefallenen Engels. Plötzlich ein kurzer Ruck. Sein Kopf dreht sich und er blickt zu mir herab. Ein leichter Flügelschlag und er steht direkt vor mir. Nicht furchteinflößend, eher berauschend... Minuten vergehen, in denen ich wie angewurzelt dastehe und mich nicht rühre. Dann wende ich mich ab und laufe Richtung See. Doch der See ist verschwunden. Dort, wo heute Morgen noch die bunten Bötchen auf dem krausen Wasser hin- und herschaukelten, ist lediglich ein tiefes Loch. Ich blicke hinein, kann jedoch den Boden nicht erkennen. Rechts von mir befindet sich das kleine Straßencafé. Auf einem Tisch steht die leere Kaffeetasse.

Kapitel 2

Der Felt Sense des Körpers

Mein Körper. Mein Körper ist das, was mir die Schöpfung, die Natur, das Universum, der liebe Gott – egal wie man es nennt – mit auf den Weg gegeben hat, damit ich in der Welt stehen und ihr begegnen kann. Gleichzeitig ist mein Körper Teil der Welt und unterliegt ihren Gesetzmäßigkeiten. Mein Körper will leben und sich entwickeln. Dazu nutzt er die Ressourcen in seiner Umwelt. Mit dieser befindet er sich in ständiger Interaktion. Ständig bewertet er, ob die äußeren Umstände eher förderlich oder hinderlich für Leben und Entwicklung sind. Mein Körper ist sozusagen die Schnittstelle zwischen mir und der Welt und deswegen bin ich gut beraten, die Informationen, die mir diese Schnittstelle sendet, wahrzunehmen und entsprechend zu handeln. Allem, was von dort kommt, möchte ich in Präsenz begegnen. Doch in welcher Art und Weise kommuniziert mein Körper mit mir und lässt mich wissen, wo ich stehe und wie es weitergehen könnte?

Eine Kommunikationsform sind Körperempfindungen. Bei Schmerz ist das ganz offensichtlich. Wenn irgendwo etwas im Argen liegt, sendet mir mein Körper Schmerz, damit ich darauf aufmerksam werde. Doch was ist mit einem Kloß im Hals, einem flauen Gefühl im Magen oder einem klopfenden Herzen?

Auch das sind Mitteilungen des Körpers, die wir nur allzu oft überhören.

Eine weitere Kommunikationsform sind Gefühle. Gefühle kommen nicht einfach aus heiterem Himmel, auch wenn einem das manchmal vielleicht so vorkommt, sondern sie sind das Ergebnis der Interaktion zwischen innerer und äußerer Welt. Häufig haben wir den Eindruck, dass wir unseren Gefühlen, vor allem den negativen, die wie eine Tsunamiwelle über uns hereinbrechen, hilflos ausgeliefert sind. Wenn wir aber die Erkenntnis ernst nehmen, dass unser Körper uns durchs Leben navigiert, und wenn wir unseren Gefühlen in Präsenz begegnen, enthalten diese wertvolle Informationen. Negative Gefühle zeigen uns, dass aus Sicht des Körpers etwas schief läuft. Sie sind Wegweiser in die richtige Richtung.

Die dritte wichtige Form, wie unser Körper sich uns mitteilt, sind Symbole, vor allem Wörter und Bilder, die als Gedanken auftauchen. Wenn mir immer wieder vor dem geistigen Auge das Gesicht einer bestimmten Person erscheint, dann hat diese Person für mich und mein Leben im Augenblick irgendeine Bedeutung, auch wenn ich diese Bedeutung nicht sofort erkenne. Ebenso verhält es sich mit Wörtern oder ganzen Sätzen, die mir ständig ins Bewusstsein treten.

Und nun das Wichtigste: In Wahrheit gibt es keine Trennung zwischen Körperempfindungen, Gefühlen, inneren Bildern und Gedanken. Alles ist eins. Es gibt keine Trennung zwischen Körper und Geist. Dank unserer kulturellen Prägung nehmen wir Körper und Geist jedoch getrennt wahr.

Und da sind wir wieder bei dem *Etwas* aus dem Satz »Ich spüre etwas in mir, das...«. Etwas in mir möchte mit mir kommunizieren und schickt mir Körperempfindungen, Gefühle, Gedanken, Bilder und Worte. Die Wahrnehmung all dieser Dinge kann uns zu dem Etwas führen. All diese Kommunikationsformen des Körpers sind Wege zu dem Etwas. Das Etwas jedoch ist ein untrennbar holistisches Ganzes. Der Felt Sense des Körpers. Der Felt Sense steht in Zusammenhang zu einer Lebenssituation und enthält Informationen darüber, was für uns falsch ist und was richtig. Er kann unmittelbar im Körper gespürt werden. Aus der Präsenz heraus. Präsenz plus Felt Sense. Das ist das Geheimnis.

Als ich La Camocha betrete, sitzt Antonio schon an der Theke und rutscht aufgeregt auf seinem Barhocker hin und her. Wir treffen uns oft in La Camocha, weil es hier die größten Portionen Tapas gibt.

Gerüchten zufolge sollen Tapas verhindern, dass die Spanier allzu schnell sturzbesoffen sind. Durch die kostenlosen Appetithäppchen soll der Magen ein Fundament bekommen, das der anschließenden Alkoholschwemme standhalten kann. Tatsächlich ist es aber so, dass es in vielen Bars Salzstangen oder Kartoffelchips gibt, wodurch die Leute erst recht Durst bekommen wie galizische Bergziegen. Nicht so in La Camocha. Hier gibt es kleine Portionen Paella oder andere sorgfältig zubereitete Leckereien und wenn man zwei oder drei Bier bestellt, bekommt man genug Tapas, um eine komplette Mahlzeit zu ersetzen.

Antonio ist ganz aufgelöst und verhaspelt sich dauernd beim Sprechen. Silvester, nachdem Ana und ich verschwunden waren, hat er jemanden kennengelernt, eine süße Spanierin namens Juana. Heute Abend treffen sie sich wieder und dann, mal sehen...

Ich spüre ein dumpfes Drücken in der Brust... so als wäre der Innenraum dort überfüllt... Ich halte einen Moment inne und spüre nach... Da ist kein offener Raum... Da passt nichts mehr rein... Etwas in mir hat keine Lust, sich Antonios Beschreibung von Juanas Qualitäten im Detail einzuverleiben... Antonio berichtet: »... und ihr Gesicht hättest du mal sehen sollen... und diese Beine und...« Antonio ist mein bester Freund, aber das geht jetzt echt zu weit. Der Druck in der Brust wird immer größer, so als würden immer mehr Kisten und Kästen in dem Raum abgestellt... Gleich bricht der Boden durch... Ich greife zu meinem Handy in der Hosentasche und drücke einen Knopf. Das Handy klingelt, ich nehme es heraus und halte es ans Ohr: »¿Quién es? Sí, voy ahora mismo.« Ich teile Antonio mit, dass mein Vermieter angerufen hat. Wasserrohrbruch. Ich soll sofort nach Hause kommen und wischen helfen. Eilig zahle ich und verabschiede mich. Ha, nützt also doch was, ein Handy dabei zu haben! Vielleicht gewöhne ich mich schneller daran, als ich dachte. Während ich aufstehe, höre ich eine innere Stimme sagen: »Was bist du nur für ein Mistkerl!« Auch diese innere Stimme kommt aus dem Körper. Später mehr dazu...

Nachts im Traum stehe ich vor Luzifers Brunnen. Luzifer schwebt zu mir herab und wir gehen los. Wir ziehen durch die Straßen. Alles ist verlassen und menschenleer. Keine Seele ist zu sehen. Plötzlich stehen wir vor La Camocha. Wir treten ein und setzen uns an die Theke. Auch hier sind wir alleine. Luzifer öffnet eine Flasche Rotwein. Wir stoßen an und trinken. Nach einer Weile steht er auf und geht.

Kapitel 3

Der innere Prozess

Der Januar neigt sich dem Ende entgegen, die Ferien sind vorbei und es ist schweinekalt. Meine Methode, um herauszufinden, wie kalt es ist: Ich öffne morgens die Augen. Wenn ich meinen Atem sehen kann, ist es SEHR kalt. Genau wie viele andere Wohnungen in Madrid hat meine Wohnung keine Zentralheizung. Heizungen einzubauen würde das Eingeständnis bedeuten, dass es auch in Madrid im Winter unangenehm wird, und das würde wahrscheinlich den Stolz der Madrilenen so ankratzen, als würde man einem Hahn den Misthaufen wegnehmen. Passt irgendwie nicht der Vergleich...

Ich erhebe mich, ziehe mich schnell an und laufe dann zu Puras Bar hinunter, um zwei Cafés con Leche zu trinken und zwei Tostadas mit Marmelade zu essen. Pura ist eine dicke, gemütliche Mittefünfzigjährige. Ihr Mann Daniel ist etwa zehn Jahre älter. Meistens steht er hinter der Theke und seiner Nase nach zu urteilen ist er selbst sein allerbester Kunde. Anschließend gehe ich zur Arbeit.

Die Williams School ist praktischerweise direkt um die Ecke. Hier gibt es mehrere Klassenräume und ich gebe zweimal die Woche nacheinander zwei Englischkurse, Inglés Para Principantes und Inglés Nivel Avanzado. Ich bin gezwungen zu behaupten, dass ich

Engländer sei, weil die Williams School damit Werbung macht, dass hier nur Native Speakers unterrichten. Mir ist das hochnotpeinlich, aber Gott sei Dank können die Spanier meinen deutschen Akzent nicht heraushören, wenn ich Englisch rede. Um die Mogelpackung etwas zu verkleinern, behaupte ich, dass ich nur halber Engländer sei. Mein Vater sei Deutscher. Wenigstens das stimmt. Mein Unterricht selbst ist, so glaube ich, keine Mogelpackung. Die Schüler kommen gerne und neulich hat mich Oscar, der Andalusier, der vorne im Büro arbeitet und den ich so schlecht verstehe, gefragt, ob er auch an meinem Kurs teilnehmen darf. Na ja, vielleicht hat er auch etwas anderes gefragt und ich habe ihn nur nicht verstanden.

Gegen ein Uhr sind die beiden Kurse beendet und ich betrete die Straße. Auf der anderen Straßenseite steht Lin Chu, eine Taiwanerin aus meinem Spanischkurs an der Uni. Sie ist genauso überrascht, mich zu sehen, wie ich sie. Wir haben bisher noch nie ein Wort miteinander gewechselt. Ich überquere die Straße und begrüße sie. Sie ist sichtlich verlegen und schaut auf den Boden. Ich kenne das von anderen Asiatinnen. Wir quatschen etwas über unseren Kurs und lästern über unsere Lehrer. Die Fremdsprachen-Didaktik hier ist wirklich das Allerletzte! Wofür Lin Chus Spanisch als Beweis herangezogen werden könnte. Plötzlich fragt sie mich, ob ich Lust habe, heute Abend mit ihr etwas trinken zu gehen. Das kommt unerwartet! Jetzt ist es an mir, verlegen zu sein. Ich sage zu und wir verabreden uns um acht im Café Comercial, einen Steinwurf von hier entfernt.

Anschließend mache ich mich auf den Weg zu Multilingua, der zweiten Sprachschule, für die ich arbeite.

Ich betrete die schmalen Büroräume in der Calle Serrano durch ein schäbiges Treppenhaus mit ausgetretenen Holzstufen. Der Aufzug ist in einem Zustand, dass ich mich nicht traue, ihn zu benutzen. Multilingua zahlt gut, dafür muss ich aber Unterricht bei den Schülern zuhause erteilen, was bedeutet, dass ich manchmal kreuz und quer durch die ganze Stadt hetze. Wenigstens brauche ich nicht zu behaupten, dass ich Engländer sei. Rob, der amerikanische Headteacher, teilt mir mit, dass es heute keine Aufträge für mich gibt. Wenn das so bleibt, wird bald das Geld knapp.

Den Rest des Nachmittags verbringe ich zuhause im Bett und lese meinen *Zauberberg*.

Punkt acht Uhr betrete ich durch die Drehtür das Café Comercial, ein Lokal mit glitzernden Kristallleuchtern unter der Decke und verspiegelten Wänden, von denen das Licht durch den ganzen Saal reflektiert wird. Fernando, der glatzköpfige Kellner, kommt mir entgegen und ich grüße ihn: »Hola, Fernando. ¿Qué tal?« »Muy bien. ¿Y tú?«

Nachmittags sitze ich oft an einem der Tische am Fenster und lerne Spanisch mit meiner selbstgebastelten Fünf-Fächer-Lernkartei. Für den Erfolg gratulieren sich dann meine nichtsnutzigen Spanischlehrer an der Uni gegenseitig. Von einer Lernkartei haben sie vermutlich noch nie etwas gehört. Würden sie auch nicht verstehen. Höchstens eine Einfach-Kartei. Haha! Ein Gutes hat der Kurs aber dennoch: Man lernt Leute kennen. Zum Beispiel Lin Chu.

Ich scanne die Tische, sehe sie jedoch nirgends. Stattdessen sehe ich die ältere Rothaarige, die häufig hier ist und sich mit immer wieder verschiedenen

Einzelpersonen unterhält. Ich glaube, die macht irgendwelche Sitzungen. Die Zukunft vorhersagen oder so. Vielleicht keine schlechte Idee. Ich nicke ihr zu und sie nickt vielsagend zurück.

Dann sehe ich Lin Chu, die durch ein zaghaftes Winken versucht, meine Aufmerksamkeit auf sich zu ziehen. Ich gehe auf sie zu und begrüße sie:»Hi, schön, dass du da bist. Habe dich erst gar nicht gesehen. Soll ich mich dir gegenüber setzen? Oder lieber seitlich an den Tisch?«

Lin Chu wirkt angespannt. »Schicker Pulli! Ist das Grün oder Türkis? Hast du den in Taiwan gekauft?« Wir machen Smalltalk und kommen ins Gespräch...

Gegen neun überlege ich, ob jetzt der Zeitpunkt gekommen ist, mich zu verabschieden und nach Hause zu gehen. Schließlich muss ich ja morgen arbeiten. Als ich das erwähne, nehme ich Enttäuschung in Lin Chus Gesichtszügen wahr. Sie möchte nicht, dass ich gehe. Offensichtlich genießt sie es, von sich zu erzählen und gehört zu werden. Auch ich spüre, dass ich noch bleiben möchte. Lin Chu erzählt von ihren Eltern, von ihrem strengen Vater, der von ihr verlangt, in das Familiengeschäft einzusteigen. Die Firma des Vaters baut Steuerungselemente für Elektrogeräte und hat Kunden in Lateinamerika. Deswegen muss Lin Chu Spanisch lernen. Sie erzählt, wie wenig Lust sie dazu hat, für ihren Vater zu arbeiten, dass sie viel lieber Stewardess werden und durch die Welt reisen möchte. Dazu ist Spanisch nützlich und daher hat sie eingewilligt. Sie erzählt von ihrer Wut und ihrer Sehnsucht nach Freiheit. Kann ich gut verstehen! Interessiert höre ich zu. Je mehr Lin Chu erzählt, desto entspannter wird sie. Am Ende wirkt sie geradezu erleichtert. Der Zeitpunkt aufzubrechen ist gekommen.

Trotz der Kälte schlage ich vor, draußen ein paar Schritte spazieren zu gehen. Wir schlendern die Calle de Hortalza entlang und schauen durch die beschlagenen Fenster der hell erleuchteten Bars. Nach einer Weile lade ich Lin Chu ein, noch einen Tee bei mir zu trinken. Zum ersten Mal blickt Lin Chu mir direkt in die Augen. Zitternd folgt sie mir durchs Treppenhaus in den dritten Stock...

Um Mitternacht ist Lin Chu verschwunden. Ich setze mich auf meinen Sessel und öffne eine Dose Mahou.

Der innere Prozess ist so ähnlich wie das Betreten des Cafés heute Abend. Ich spüre in meinen Körper hinein (gehe durch die Drehtür), sehe mich um und nehme wahr, was alles da ist (Spiegel, Kristallleuchter, Fernando, die Rothaarige, Lin Chu), spüre nach, was von alldem meine Aufmerksamkeit braucht (Lin Chu), begrüße das (»Hi«), spüre nach, wie es möchte, dass ich bei ihm bin (gegenüber oder seitlich), beschreibe es, um es besser kennenzulernen (»Schicker Pulli! Ist das Grün oder Türkis?«), leiste ihm weiter Gesellschaft, spüre dann nach, welche Emotion es hat oder in welcher Stimmung es ist (Wut und Sehnsucht), und lasse es wissen, dass ich es höre (»Kann ich gut verstehen!«).

Wenn ich auf diese Weise mit meinem körperlich gespürten Felt Sense in Beziehung trete, kann er sich öffnen und mir mitteilen. Ich erfahre, was auf tiefer Ebene in mir vorgeht, und das führt oft zu deutlicher, körperlich wahrnehmbarer Entspannung.

Wenn ich mich alleine durch den Prozess führe, verwende ich folgende Selbstinstruktionen:

Nach innen gehen
»Ich nehme mir Zeit, in meinen Körper hinein zu spüren, erst in die äußeren Bereiche, dann in Hals, Brustkorb, Magen und Bauch.«
»Was braucht jetzt meine Aufmerksamkeit (zu einem bestimmten Thema)?«

Kontakt aufnehmen
»Ich spüre etwas...«
»Ich begrüße es/erkenne es an.«
»Ich spüre nach, auf welche Weise es möchte, dass ich bei ihm bin.«
»Ich finde die beste Art und Weise, es zu beschreiben.«
»Ich überprüfe die Beschreibung mithilfe meines Körpers.«

Kontakt vertiefen
»Ich spüre nach, ob es in Ordnung ist, einfach dabei zu sein.«
»Ich bleibe mit interessierter Neugier dabei.«
»Ich spüre nach, wie *es* sich von *seinem* Standpunkt aus fühlt.«
»Ich spüre nach, ob es eine emotionale Qualität hat.«
»Ich lasse es wissen, dass ich es höre.«
»Ich bin offen für alles Weitere, das es mir mitteilen möchte.«

Hinausgehen
»Ich spüre nach, ob es in Ordnung ist, bald aufzuhören.«
»Ich lasse es wissen, dass ich zurückkehren werde.«
»Ich bedanke mich bei allem, was gekommen ist.«

Jetzt stelle ich mein Mahou weg und mache das: Ich spüre meinen Körper als ganzen, hier in meiner Wohnung... Ich spüre meine Füße... die Sitzunterlage... meine Hände... Dann lasse ich meine Aufmerksamkeit nach innen gehen... in den Hals... den Brustkorb... den Magen... den Bauch... Ich lasse mir wirklich Zeit, dort anzukommen, dort in meinem Innern... so als wäre dort mein Zentrum... mein Zuhause... Ich spüre nach... Da ist Müdigkeit... wie eine bleierne Schwere in meinen Armen und Beinen... Außerdem ist da ein Ziehen in meinem Magen... Es ist das Ziehen, das meine Aufmerksamkeit braucht... Ich wende mich ihm zu und begrüße es: »Hallo, ich sehe, du bist da.« Ich überprüfe das Wort »Ziehen« und spüre nach, ob es wirklich beschreibt, wie sich das anfühlt... Eher wie ein Saugen... wie ein Sog... ein Sog nach innen in meinen Magen... Ich überprüfe die Beschreibung mithilfe meines Körpers... »Sog nach innen« passt ganz gut... Wie ein schwarzes Loch, das mit einer kreisförmigen Bewegung alles nach innen zieht! Das ist es! Ich spüre nach, ob es okay ist, diesem schwarzen Loch Gesellschaft zu leisten, einfach dabei zu bleiben... Nichts widerspricht dem... Ich bleibe dabei... mit interessierter Neugier... und spüre nach, wie dieses schwarze Loch sich fühlt... von seinem Standpunkt aus... ob es eine Emotion hat... eine eigene Stimmungslage... Da ist Einsamkeit und Verlangen und Sehnsucht... Ich lasse es wissen, dass ich seine Einsamkeit und sein Verlangen und seine Sehnsucht wahrnehme... Und bin offen für alles Weitere, das es mir mitteilen möchte... Sehnsucht nach dieser Art von Verbindung, die ich heute hatte... Auch das sage ich zurück... Das schwarze Loch ist verschwunden und da ist jetzt ein warmes, fließendes Gefühl... Nun meldet sich die Müdigkeit in meinen Armen und Beinen wieder. Ich spüre nach, ob es okay ist, bald aufzuhören... Ja... Ich bedanke mich bei dem, was gekommen ist... lasse meine Aufmerksamkeit wieder weiter werden... komme in den Raum zurück... sehe mich ein wenig um... Ich trinke einen Schluck Mahou, lege mich ins Bett und schlafe sofort ein.

Nachts gehe ich mit Luzifer ins Café Comercial. Natürlich ist es menschenleer. Da, wo die Rothaarige gesessen hat, liegt eine einzelne Karte von einem Kartenspiel. Ich kann nicht erkennen, was auf ihr abgebildet ist. Im Spiegel sehe ich Luzifer und mich an einem Tisch sitzen. Wir trinken Bier. Als das erste fahle Tageslicht durch die Fenster fällt, stehen wir auf. Luzifer kann sich kaum auf den Beinen halten und braucht zwei Anläufe, um durch die Drehtür zu kommen.

Kapitel 4

Das Gefühl über das Gefühl

Ich habe die Nacht bei Ana in Leganés verbracht. Ihre Eltern sind bei Verwandten zu Besuch und sie hat sturmfreie Bude. Es ist sieben Uhr morgens. Ich stehe an der Bushaltestelle und warte auf den Bus ins Zentrum. In einer Stunde habe ich den ersten Termin. Bei einer Redakteurin der spanischen Ausgabe von Cosmopolitan. Nicht schlecht. Englische Konversation. Auch nicht schlecht. Brauche ich nicht vorzubereiten.

Die laue Frühlingsluft nach dem langen Winter ist Balsam für meine Seele. Ich atme tief durch. Auf meinem Walkman höre ich »Sueño su boca« von Raúl. Ich denke an Nora. »Y yo no puedo entender que me pasa con esa mujer«, tönt Raúls Stimme aus meinen Kopfhörern.

Die quietschenden Bremsen des Busses reißen mich aus meinen Gedanken. Die Türen öffnen sich und Francisco blickt mich grinsend an: »¡Hola, cabrón!« Scheiße! Von tausenden Bussen, die in Madrid ihr Unwesen treiben, muss ich schon wieder den von Francisco erwischen! Als ich mich höflich nach dem Befinden der werten Frau Gemahlin erkundige, verengen sich Franciscos Augen zu Schlitzen. Jetzt ist Vorsicht geboten! Schnell quetsche ich mich an den anderen Fahrgästen vorbei. Ruckartig fährt der Bus an. Doch wir stehen so dicht an dicht, dass niemand umfallen kann. Das ist der Vorteil. Der Nachteil ist, dass die Dicke, die mir als Airbag dient, heute noch nicht geduscht hat. Vielleicht auch gestern nicht. Vielleicht nicht einmal... Lassen wir das!

Durch eine Lücke zwischen Köpfen, Schultern und Armen sehe ich die vorbeiziehende Landschaft. Trocken und sandig. Eine von Straßen durchzogene, trostlose Einöde. Die freie Fläche zwischen dem Zentrum Madrids und den Vororten verkleinert sich zusehends. Madrid breitet sich aus. Wie ein Krebsgeschwür.

Meine Gedanken kehren zurück zu Nora. Das schwarze Loch aus Einsamkeit und Sehnsucht zeigt sich immer häufiger und saugt das ganze Universum auf. Alle Planeten, alle Sonnensysteme, einfach alles. Bald wird nichts mehr da sein.

Plötzlich durchzucken mich die Worte: »Reiß dich doch zusammen, verdammt noch mal! Das ewige Jammern über schwarze Löcher hilft auch nicht weiter!«

Ich kenne diese raue innere Stimme. Wir nennen sie »das Gefühl über das Gefühl«. Häufig erleben wir etwas, ein Gefühl, und das ruft ein anderes Etwas auf den Plan, ein Gefühl über das Gefühl. Viele Menschen, die beispielsweise körperlichen Schmerz erleben (das Gefühl), erleben gleichzeitig Angst vor dem Schmerz (das Gefühl über das Gefühl): »Woher mag der Schmerz bloß kommen? Hoffentlich ist das nichts Schlimmes!« Entscheidend dabei ist, Gefühl und das Gefühl über das Gefühl voneinander zu trennen und mit beiden in Präsenz zu sein: »Ich spüre Schmerzen im Herzbereich und *etwas* in mir hat Angst davor.

Beides ist da.« Manchmal entsteht sogar ein Gefühl über das Gefühl über das Gefühl, zum Beispiel: »Ich spüre Schmerzen im Herzbereich und *etwas* in mir hat Angst davor und *etwas* in mir wendet sich der Angst zu und sagt, dass sie sich nicht so anstellen soll.« Ist das der Fall, gehe ich in Präsenz mit allen dreien. Noch eine Ebene, also ein Gefühl *über* all das, kommt in der Praxis nicht vor.

Ein Sonderfall des Gefühls über das Gefühl ist das, was oft als Über-Ich, Eltern-Ich oder Innerer Kritiker bezeichnet wird. Diese Form des Gefühls über das Gefühl hat immer Angst vor etwas oder macht sich Sorgen, dass ein bestimmter Zustand eintreten könnte. Und die einzige Art und Weise, in der es Einfluss auf das Handeln nehmen kann, ist durch Kritik, Verurteilung und Prophezeiungen des Untergangs.

Wie ich so da im Bus stehe und mich gegen die Dicke lehne, spüre ich, dass ich es jetzt gerade mit so einem Gefühl über das Gefühl zu tun habe. Ich wende mich der Stimme zu und begrüße sie:

»Hallo, ich höre, du bist da. Ich höre, dass du sagst, ich solle mich zusammenreißen.«

Solche kritischen inneren Teile haben häufig keinen Ort im Körper. Körperlich spürbar ist oft lediglich der Teil, der auf sie reagiert. Trotzdem können wir uns ihnen zuwenden, wo auch immer sie sich befinden.

Als Nächstes spüre ich nach, ob diese Stimme sich Sorgen macht oder Angst hat vor etwas:

»Vielleicht gibt es ja etwas, worüber du dir Sorgen machst oder wovor du Angst hast.«

»Ich habe Angst, dass du von dem schwarzen Loch aufgesaugt wirst, wenn du nicht aufpasst, und dann nicht mehr existierst.«

»Ah, du hast also Angst davor, dass ich von dem schwarzen Loch aufgesaugt werde und dann nicht mehr existiere. Kein Wunder, dass du sagst, ich solle mich zusammenreißen. Gibt es ein Gefühl, das du für mich vermeiden willst? Etwas, von dem du nicht willst, dass ich es fühle, wenn ich von dem schwarzen Loch aufgesaugt würde?«

»Dass du nicht lebst. Dass du dich tot fühlst.«

»Du willst also nicht, dass ich mich tot fühle. Welches Gefühl wünschst du dir denn für mich?«

»Dass du dich lebendig fühlst. Dass du das Leben genießt.«

»Du willst, dass ich mich lebendig fühle und das Leben genieße! Das ist es!«

Nun fühlt sich dieser Teil verstanden und er ist gar nicht mehr rau und kritisch. Eher wie ein Beschützer, der darauf achtet, dass ich alles richtig mache. Das fühlt sich schon viel besser an.

Innere kritische Teile wandeln sich, wenn wir zunächst hören, wovor sie Angst haben oder worüber sie sich Sorgen machen, dann, welche Gefühle sie *nicht* für uns wollen, und als Letztes, welche Gefühle sie für uns wollen. Im Kern wollen sie immer einen positiven Beitrag zu unserem Leben leisten. Sie können nur nicht gut kommunizieren. Wenn die inneren kritischen Teile spüren, dass ihre Botschaft angekommen ist, brauchen sie nicht länger kritisch zu sein. Die Energie, die in ihnen gebunden war, wird frei und steht nun wieder zur Verfügung.

Heute esse ich Mittag bei McDonalds am Plaza de Colón. Wegen Nora bin ich nach Spanien gekommen. Kennengelernt haben wir uns in England in einem Sprachkurs. Alles ziemlich aufregend bis zu jenem

Streit in dem kleinen Café an der Gran Vía. Nora hat mir vorgeworfen, dass ich nicht genug rede, dass ich zu still bin, woraufhin ich (in Abwesenheit jeglicher Präsenz) entnervt das Geld für den Kaffee auf den Tisch geknallt und geschrien habe: »Dann suche dir doch einen anderen!« Wenn wir aus der Identifikation mit inneren Teilen heraus handeln, bereuen wir es später meistens. Da hilft auch kein doppelter Big Mac.

Während ich so dasitze und bereue und versuche, meinen Big Mac zu futtern, ohne dass mir Sauce auf die Hose tropft, betritt ein Bettler den Raum. Ein junger Mann, vielleicht in meinem Alter, mit einer großen blauen Beule am Kopf. Er geht von Tisch zu Tisch und bittet um Kleingeld. Als er an meinen Tisch tritt und mich anspricht, höre ich seinen deutschen Akzent. Ich frage: »Bist du Deutscher?« Sofort setzt er sich dazu und erzählt mir seine Geschichte. Er habe hier Urlaub gemacht und sei bestohlen worden. Nun versuche er, das Geld zusammenzukratzen, um wieder zurückreisen zu können. Ist natürlich kein Wort wahr davon. Trotzdem höre ich ihm zu. Es tut ihm offensichtlich gut, Deutsch zu reden.

Nachts treffen Luzifer und ich uns bei McDonalds am Plaza de Colón. Verzweifelt versucht er, etwas Alkoholisches zu finden. Doch es gibt nur Coca Cola Light. Vor lauter Not isst Luzifer einen Big Mac. Am Kopf hat er eine dicke Beule.

Kapitel 5

Identifikation und Verbannung

Chris und ich trafen uns zum ersten Mal im Hostal Arantxa in der Calle San Bartolomé, wo ich die ersten Monate hier in Madrid verbracht habe. Chris lebte schon mehrere Jahre dort zu äußerst günstigen Konditionen. Er ist ein etwas zerstreuter, liebenswerter Amerikaner aus Texas, der nach eigenen Angaben bei der Recherche für ein Buch hier in Madrid hängen geblieben ist. Genau wie ich verdingt er sich als Privatlehrer. Ana vermutet jedoch einen anderen Grund für seine immer wieder hinausgeschobene Rückreise in die USA. Ana ist überzeugt davon, dass Chris schwul ist und sich nicht von der liberalen Atmosphäre in Chueca trennen kann. In Chueca gehören homosexuelle Paare zum Straßenbild.

Wie immer treffen wir uns im Libertad 8. Bald ist der Frühling vorbei und draußen wird es Tag für Tag heißer. Wir genießen ein kühles Bier und die klimatisierten Räume. Chris erzählt mir, dass er in Houston einmal Bill Clinton persönlich getroffen hat. Stolz beschreibt er, wie er Clinton die Hand geschüttelt und gesagt hat: »We love you, Mr. President!« Wir sind uns einig, dass es wirklich jammerschade ist, dass Clinton nicht wiedergewählt werden kann, weil er bereits seine zweite Amtszeit absolviert. Am 7. November sind Wahlen in den Vereinigten Staaten und

der Wahlkampf beginnt langsam. Kandidat der Demokraten ist Al Gore, der jetzige Vizepräsident. Sein republikanischer Herausforderer ist George W. Bush, Sprössling von George H. Bush, dem 41. Präsidenten der USA. Bei dem Gedanken daran, dass der Sohn eines ehemaligen Präsidenten Staatsoberhaupt der mächtigsten Nation der Welt wird, dreht sich mir der Magen um. Kann ja eigentlich nur schiefgehen. Ich kann verstehen, dass kleine Jungs ihre Väter anhimmeln und deshalb dasselbe werden wollen wie sie.
»Papa, wenn ich groß bin, möchte ich Lokomotivführer werden und einen ICE fahren. Genau wie du!«
»Papa, wenn ich groß bin, möchte ich Präsident werden und Länder bombardieren. Genau wie du!« Nee, lieber nicht. Dann schon lieber ein Präsident, der sich ganz der Ausbildung seiner Praktikantinnen hingibt.

Chris erzählt mir, dass er jemanden kennengelernt hat. Jetzt wird es interessant! »You must have guessed that I'm gay«, erklärt er. »I sure did«, lüge ich. Diesmal ist es der Mann fürs Leben. Da ist sich Chris ganz sicher. Ich hoffe, dass er Recht behält. Nur die Liebe zählt! Er fragt mich, ob ich seinen Neuen gerne kennenlernen möchte. Gleich ist er mit ihm verabredet. »Sure, why not!«

Zufälligerweise heißt die Bar, in die Chris mich schleppt, »Why Not«. Eigentlich ist es eine Art Disko, eine Bar mit Tanzfläche, die in der Calle San Bartolomé direkt unter dem Hostal Arantxa liegt und die mich so manche Nacht um meinen Schlaf gebracht hat, während ich noch im Hostal lebte. Bis ein Uhr nachts war alles ganz friedlich, dann ging aber die Post ab – bis in die frühen Morgenstunden. Und manchmal haben die Leute einfach auf der Straße weiter gefeiert, wenn dicht gemacht wurde. Viele Spanier sind da ziemlich schmerzfrei. Und ich merke wieder einmal, dass ich kein Spanier bin.

Das »Why Not« ist eine bekannte Homodisko, so wie viele andere Diskos hier in Chueca. Am Eingang hängt die Regenbogenflagge der Homobewegung. Erst im Laufe der Zeit ist mir aufgegangen, dass Chueca das Schwulen- und Lesbenviertel ist. Am Anfang habe ich mich gewundert, wie liberal die hier in Madrid sind.

Wir betreten den Eingangsbereich und eine junge blonde Dame mit Nasenpiercing und Drachentattoo auf dem Oberarm begrüßt uns freundlich und nimmt uns die Jacken ab. Am frühen Abend ist hier wenig los. Wir stellen uns an die Theke und bestellen ein Bier. Die Tanzfläche ist menschenleer. In einer Ecke stehen zwei Typen und knutschen.

Miguel, Chris' neue Eroberung, kommt nicht. Chris ist enttäuscht. Fängt ja gut an, denke ich. Nach einer Weile verabschiede ich mich und mache mich auf den Heimweg. Von hier aus kann ich zu Fuß gehen.

Zuhause angekommen setze ich mich auf meinen Sessel. Warum bin ich eigentlich hier in Spanien? Es ist ein Abenteuer! Und ich brauche Abenteuer! Ein bisschen ist es auch Flucht. Genau wie bei Chris.

Ich spüre plötzlich ein unangenehmes, kribbeliges Kratzen in der Brust. Ich beginne zu fokussieren, indem ich mit der Aufmerksamkeit in meinen Körper gehe... Ich lasse mir wirklich Zeit, in Präsenz zu kommen... und spüre nach, was jetzt meine Aufmerksamkeit braucht... Ich brauche Abenteuer... Das kommt als Erstes... Ich formuliere bewusst um... Etwas in mir braucht Abenteuer... Und damit war ich identifiziert...

Und da ist noch mehr... Das Kribbeln in der Brust... Ich spüre etwas in mir, das Abenteuer braucht, und ich spüre Kribbeln in der Brust... Und beides ist da... Ich leiste eine Weile beidem Gesellschaft... Dann merke ich, dass der Teil, der Abenteuer braucht, zuerst meine Aufmerksamkeit benötigt. Ich spüre ihn im Magen, wie eine Art Energiefluss... Ich bleibe dabei... Ich lade ihn ein, mir mitzuteilen, was er für mich will... Dass ich in den Fluss des Lebens eintauche und wirklich in vollen Zügen lebe... Das ist es! Der Energiefluss im Magen breitet sich aus... hoch hinauf in die Brust... Das fühlt sich ziemlich gut an... Doch in der Brust geht es nicht weiter... Da ist eine Blockade... Etwas stellt sich in den Weg... Das Kribbeln... Und das braucht als Nächstes meine Aufmerksamkeit... Ich wende mich dem Gefühl in der Brust zu... Ich vergleiche das Wort »Kribbeln« damit... Es passt nicht ganz... »Zucken« passt besser... Ich bleibe dabei und spüre nach, ob in dem Zucken eine Emotion steckt, eine Stimmungslage... Es ist ein nervöses Zucken... eine... Angst! Etwas in mir hat Angst! Ich wende mich dem zu und lade es ein, mir mitzuteilen, was es nicht für mich will... Es will nicht, dass ich scheitere im Leben... Dass ich stecken bleibe... So wie Chris... Ich lade es ein, mir mitzuteilen, was es für mich will... Es will Gewissheit... Und Sicherheit... Das habe ich nicht gewusst! Das war in der Verbannung! Nicht im Bewusstsein! Da war nur das Kribbeln. So sehr habe ich mich mit dem Abenteurer in mir identifiziert.

In dem Moment löst es sich... Der Energiefluss aus dem Magen strömt jetzt ungehindert in die Brust und breitet sich aus. In vollen Zügen leben! Und Sicherheit! Beides!

Identifikation und Verbannung treten meistens gemeinsam auf. Wir sind mit etwas in uns identifiziert, das den ganzen Raum ausfüllt. Andere Teile werden dadurch in die Verbannung geschoben und treiben von dort aus ihr Unwesen. Vielleicht schicken sie uns unangenehme Körperempfindungen oder Gedanken oder Gefühle, die wir nicht einordnen können und die auf den ersten Blick keinen Sinn ergeben.

Der Weg besteht darin, den Blick zu weiten, indem wir in Präsenz gehen, und *alles* wahrzunehmen, was da ist. Einen anderen Weg gibt es nicht. Nichts in uns lässt sich wirklich dauerhaft zur Seite schieben. Wenn wir das erforschen, was sich in der Verbannung befindet, erschaffen wir nichts, sondern wenden uns nur dem zu, was sowieso schon da ist. Und wenn es sowieso schon existiert, ist es besser für uns, es kennenzulernen.

Verbannten Teilen kommen wir auf die Schliche, indem wir vor allem auf Dinge achten, die für den logischen Verstand unerklärlich sind: komische Gefühle, Gedanken, Körperempfindungen oder gar Schmerzen…

Natürlich gibt es auch Teile in uns, die Angst davor haben, dass bestimmte andere Teile ins Bewusstsein treten, und diese als »pathologisch«, »ekelhaft« etc. etikettieren. Und vermutlich sind genau das die Teile, die ursprünglich die unerwünschten Aspekte der Person verbannt haben. Häufig sind wir sogar mit ihnen identifiziert. Diese Teile brauchen zuerst Aufmerksamkeit, und zwar so lange, bis sie bereit dazu sind, den Weg freizugeben.

Wenn wir uns dann dem zuwenden, was angeblich »pathologisch« oder »ekelhaft« ist, und wenn wir in seine Seele hineinspüren, können wir feststellen, dass es sich selbst aus seiner eigenen Sicht ganz okay findet. Es selbst findet sich nicht »pathologisch« oder »ekelhaft«. Es hat nur einfach nie genug Zuwendung bekommen, um sich zu entwickeln. Wenn wir ihm unsere ganze Präsenz schenken, bekommt es Luft zum Atmen und kann heilen. Es kann das werden, zu dem es eigentlich bestimmt war.

Identifikation und Verbannung sind die größten Probleme beim Fokussieren. Teile, mit denen man identifiziert ist, kann man nicht in den Blick nehmen, weil man durch ihre Augen die Welt wahrnimmt. Um auf solche Teile fokussieren zu können, müssen sie zuerst vom Subjekt zum Objekt der Wahrnehmung werden. Auf verbannte Teile kann man nicht fokussieren, weil sie sich außerhalb des Bewusstseins befinden. Diese Teile müssen dazu eingeladen werden, ins Bewusstsein zu treten. Aber ganz behutsam.

Im Traum finde ich mich mit Luzifer im »Why Not« wieder. Echt krass! Luzifer sitzt auf einem Barhocker und trinkt Bier. Die beiden Typen aus der Ecke sind verschwunden. Plötzlich legt Luzifer seine Hand auf mein Knie und schaut mich an. Schweißgebadet wache ich auf...

Kapitel 6

Naher und entfernter Prozess

Überall in der Stadt habe ich meine kleinen Stammcafés und Bars, in denen ich vor und nach den Terminen bei meinen Schülern schnell einen Café con Leche trinke oder ein paar Happen esse. Inzwischen bin ich in den meisten bekannt und werde mit einem freundlichen »¡Hola! ¿Qué tal?« begrüßt. Fühlt sich gut an.

Heute bin ich im Pasquale in der Calle de Arturo Soria im Nordosten von Madrid und stärke mich noch schnell, bevor ich gleich einem verwöhnten Bürschchen Deutschunterricht erteile. Er ist auf der Pilotenschule und Papa hat ihm ein exklusives Apartment gemietet, in dem er sich zwischen den Flugstunden die Zeit vertreibt. Nun hat er eine Deutsche kennengelernt und um die besser anbaggern zu können, büffelt er Deutsch. Eigentlich ist er ganz nett. Ich bin nur etwas neidisch auf seine tolle Wohnung. Wenn er aus dem Fenster schaut, sieht er einen Park. Keinen riesigen Aschenbecher und komische grüne Flecken an der Wand.

Gott sei Dank habe ich auch einmal die Möglichkeit, Deutsch zu geben, nicht immer nur Englisch. Wird auf Dauer langweilig. Außerdem muss keiner meiner Elternteile die Staatsangehörigkeit ändern.

Plötzlich reißt mich ein ohrenbetäubender Knall aus meinen Gedanken. Die Scheiben vibrieren, die Oberfläche meines Kaffees erzittert und bildet krause Falten. Geschockt rennen die anderen Gäste und ich auf die Straße. Einen Häuserblock entfernt, in der Avenida de Badajoz, steigt eine Rauchwolke auf. Betreten schauen wir uns an. Wir alle wissen, was das zu bedeuten hat: ETA. Ende der 50er-Jahre wurde diese Untergrundgruppe gegründet, aus Widerstand gegen die Franco-Diktatur. Seitdem bombt und mordet sie in ganz Spanien, um die Abspaltung des Baskenlandes vom übrigen Teil des Landes zu erzwingen. ETA steht für Euskadi Ta Askatasuna: Baskenland und Freiheit. Mit Freiheit hat das für mich nicht viel zu tun. Eher mit Unterdrückung und Angst.

Der Schock sitzt mir tief in den Knochen. Ich spüre ein inneres Beben und den Impuls loszulaufen. Etwas in mir hat Panik und will weg. Die Beziehung zwischen mir und meinem Erleben in diesem Augenblick könnte man als »nahen Prozess« beschreiben. Das, was in mir vorgeht, geht mir sehr nahe. Ich bin sehr nahe daran. Da ist wenig Abstand zwischen mir und meinem Erleben.

Menschen im nahen Prozess neigen dazu, von ihrem Erleben, vor allem von ihren Emotionen, überflutet zu werden. Hinweggeschwemmt. Der nahe Prozess korreliert häufig mit Identifikation. Wir identifizieren uns mit dem, was uns fast ganz ausfüllt. Dann ist es nötig, die Präsenz gegenüber dem zu stärken, was man fühlt. Ich sage ganz bewusst: »Ich spüre etwas in mir, das Panik hat. Das ist wirklich da.« Das Zentrum davon liegt im Magen. Sanft lege ich meine Hand auf die Stelle. Dadurch beruhigt es sich ein wenig.

Gleichzeitig spüre ich eine starke Aktivierung in Armen und Beinen. Ich weiß: Wenn mein Körper derart in Alarm versetzt ist, sozusagen im Flucht- oder Angriffsmodus, hilft Bewegung. Ich nehme mein Handy und sage den Termin bei meinem Schüler ab. Langsam gewöhne ich mich wirklich an das tragbare Telefon. Dann mache ich einen ausgedehnten Spaziergang.

Am anderen Ende des Prozesskontinuums liegt der entfernte Prozess. Menschen im entfernten Prozess haben so viel Abstand zu ihrem Erleben, dass sie es kaum oder gar nicht wahrnehmen. Der entfernte Prozess fällt manchmal mit Verbannung zusammen. Aber nicht immer. Viele Menschen haben nur einfach keine Übung darin, sich zu spüren. Sie leben in ihrem Kopf und müssen erst lernen, ihren Körper von innen heraus wahrzunehmen, indem sie immer wieder in sich hineingehen und beschreiben, was sie fühlen. Auch die undeutlichsten und schwächsten Empfindungen zählen. Das erfordert viel Geduld. Und viel Präsenz. Aber es lohnt sich.

Abends zuhause höre ich die Nachrichten. In der Avenida de Badajoz ist eine Autobombe hochgegangen – genau in dem Augenblick, als der Militärrichter José Francisco Querol Lombardero vorbeifuhr. Die ETA bekennt sich zu dem Anschlag. Richter, Chauffeur, Leibwächter – alle tot! Unglücklicherweise fuhr in dem Moment auch Jesús Sánchez Martínez mit seinem Linienbus vorbei. Ebenfalls tot! Er hinterlässt Frau und Kinder. Plötzlich sehe ich Francisco mit anderen Augen. Der Aschenbecher vor meinem Fenster ist gar nicht mehr schlimm. ETA – elende terroristische Arschlöcher! Etwas in mir könnte aus der Haut fahren!

Ich merke, dass ich zwar in Präsenz bin, aber wieder sehr wenig Abstand zu meinem Erleben habe. Folgende Haltung habe ich gelernt, um meine Präsenz zu stärken, wenn ich besonders nahe an meinen Emotionen bin: Ich lege meine rechte Hand unter meine linke Achselhöhle, etwa auf Höhe des Herzens. Meine linke Hand lege ich auf die rechte Schulter. In dieser Haltung erinnere ich mich daran, dass alles, was ich erlebe, in meinem Körper stattfindet. Alle Gedanken, alle Gefühle, alle Empfindungen. Einfach alles. Und ich bin der Raum, in dem alles so sein darf, wie es ist. Ich bin derjenige, der spüren kann, was in mir vor sich geht. Nach einer Weile beruhigt es sich...

Nachts im Traum sind Luzifer und ich im Pasquale in der Calle de Arturo Soria. Ich trinke Kaffee, Luzifer Kaffee mit Schuss. Wir schauen aus dem Fenster. Plötzlich fährt draußen ein Linienbus vorbei. Niemand sitzt am Steuer.

Kapitel 7

Interaktion

Inzwischen ist der Sommer in Madrid ausgebrochen. Eine wahnsinnige, unerträgliche Hitze! Eine Höllenglut! Anfang August flüchten die Madrilenen, die es sich leisten können, aus der Stadt und ziehen sich in die luftigen Ferienorte an der Küste zurück. Dort ist es dann zum Brechen voll und hier in Madrid herrscht gähnende Leere.

Ich bin auf dem Weg zu einer Schülerin in Hermosilla, einem gut betuchten Stadtteil westlich vom Zentrum, und springe von Schatten zu Schatten. Während ich so herumhüpfe und mir die Schweißperlen von der Stirn wische, spüre ich: Der letzte Schritt war seltsam weich. Wie Dichtungsmasse. Mit einer bösen Vorahnung blicke ich an mir hinab. Oh je!

Obwohl die Madrilenen auf sehr beengtem Raum leben, gönnen es sich viele, Hunde in allen Größen und Formen zu halten. Und da die Hunde in den kleinen Wohnungen einen Koller kriegen, werden sie mehrfach am Tag Gassi geführt. Das Ergebnis ist, dass viele Madrilenen mit gesenktem Haupt umherwandeln, um nicht Opfer eines solchen Gassi-Gangs zu werden. Würde man es nicht besser wissen, könnte man fast meinen, die Spanier seien ein Volk der Philosophen und Denker, die ständig grübelnd durch die Straßen ziehen, um die Lösung für die Übel der Welt zu finden. Na ja, ist vielleicht ein bisschen ungerecht. Spanien hat ja viele Philosophen und Denker hervorgebracht. Obwohl... Vielleicht war das ja der Grund...

Während ich eines der Übel dieser Welt mit einem Ast von meiner Sohle kratze, merke ich, wie sehr ich feststecke, wie festgefahren ich in meinem Leben bin. Das, was mir gerade widerfahren ist, ist schon irgendwie symbolisch. Ich trete auf der Stelle. Trotz Focusing. Alles dreht sich immer wieder um dieselben Themen: Abenteuer, Sicherheit, Verbindung... In meinem Bauch fühlt es sich an wie ein hoffnungslos verheddertes Knäuel aus Drahtseilen...

Am frühen Abend leiste ich mir einen Eiskaffee im Café Comercial. Sozusagen als Ausgleich für den heutigen Fehltritt. Irgendwie beruhigt es meine Nerven zu sehen, wie Fernando mit frisch polierter Glatze von Tisch zu Tisch hoppelt, um den Leuten ihre Getränke zu servieren.

Am Tisch in der Mitte sitzt die Rothaarige, heute alleine, und blickt mich fragend an. Einem Impuls folgend stehe ich auf und setze mich zu ihr. »¿Qué haces aquí todos los días?«, frage ich. »Was machst du hier immer?« »Escucho«, entgegnet sie mir sanft. »Ich höre zu.« Da bricht alles aus mir heraus...

Ich erzähle, wie festgefahren ich mich fühle, ich erzähle von meinem Wunsch nach Abenteuer, meinem Wunsch nach Sicherheit und Verbindung. Ich erzähle von Ana und Nora und Lin Chu und dem Drahtknäuel in meinem Bauch. Ich spreche aus meinem Felt Sense heraus, so wie er gerade ist, so wie er sich von Moment zu Moment wandelt, während ich rede. Die Rothaarige sagt nichts, hört nur aufmerksam zu, schenkt mir ihre ganze Präsenz. Ab und an nickt sie, um zu zeigen, dass sie versteht. Am Ende fühle ich mich wie befreit. Da, wo das Drahtknäuel war, ist jetzt ein großer Raum, durch den ein warmer Fluss zieht. Ein goldener Fluss aus Milch und Honig. So fühlt es sich an.

Langsam dämmert es draußen. Ich bedanke mich und stehe etwas verlegen auf. Freundlich nickt mir die Rothaarige zum Abschied zu. Ich kenne nicht einmal ihren Namen.

In meiner Wohnung angekommen, lasse ich mich in meinen Sessel plumpsen. Was ist heute passiert? Mir wird bewusst: Mit Focusing kann ich die Weisheit meines Körpers spüren und Entscheidungen treffen, die mich wirklich voranbringen. Ich kann verborgene Ecken und Winkel in mir entdecken, die lange im Dunklen lagen. Ich kann Klarheit finden, wo zuvor nur Nebelschwaden und Rauch waren. Oft bringt das große Erleichterung und Befreiung. Manchmal gerät aber auch nichts in Bewegung, wenn ich alleine bin...

Der Körper ist, wie gesagt, Teil der Welt. Ständig befindet er sich in einem Austauschprozess mit seiner Umwelt. Die Umwelt hält bestimmte Ressourcen bereit, die mein Körper benötigt, um leben und sich entwickeln zu können: Luft, Wasser, Nahrung, Wärme, Schutz, Spiel, Unterhaltung, intellektuelle Stimulation etc. Ist der Prozess, in den mein Körper eingebunden ist, blockiert, fehlt beispielsweise etwas, kann ich das in mir fühlen. Häufig als unklares Unbehagen. Manchmal als Schmerz. Brauche ich etwa Nahrung, spüre ich Hunger. Warte ich, wird er immer stechender. Esse ich dann etwas, verschwindet der Hunger und es geht weiter. Und so ist es mit allen Dingen. Der

Körper weiß ganz genau, was er braucht, damit Leben und Entwicklung stattfinden können.

Die wichtigste Umweltressource für den Menschen sind dabei andere Menschen. In grauer Vorzeit überlebte nur derjenige, der mit anderen zusammenarbeitete. Auch Austausch und Interaktion sind daher in uns angelegt. Unser genetisches Erbe. Wir brauchen Interaktion, um zu leben, um uns zu entwickeln und um zu wachsen.

Heute ist das für mich ganz deutlich geworden. Da, wo ich zuvor feststeckte, gerät plötzlich etwas in Fluss, wenn ich das, was ich spüre, in die Interaktion mit einem anderen Menschen einbringe. Oft braucht die innere Interaktion zwischen mir in Präsenz und meinem Erleben einfach die äußere Interaktion mit einem anderen Menschen. Beide Prozesse sind miteinander verwoben. Die innere Interaktion wird durch die äußere gefördert. Durch die Präsenz, die mir ein anderer Mensch entgegenbringt, wird es mir möglich, meinem Erleben gegenüber voll und ganz präsent zu sein. Und dadurch kann das, was zuvor feststeckte, wieder in Fluss geraten. Sozusagen so, als müsste mein Erleben durch ein Gegenüber hindurchgegangen sein, damit sich in mir etwas löst.

Natürlich muss die Präsenz des Gegenübers eine bestimmte Qualität haben. Die Person muss mir auf eine bestimmte Art und Weise begegnen. Etwa so, wie die Rothaarige heute. Ich muss an mein Gespräch mit Lin Chu Anfang des Jahres denken. Geben und Nehmen.

Allmählich werde ich schläfrig. War ein anstrengender Tag. Ich putze mir die Zähne und krabbele ins Bett.

In der Nacht kehren Luzifer und ich wieder im Café Comercial ein. Inzwischen sind wir Stammgäste hier. Luzifer wirkt entspannt. Zu meiner großen Überraschung trinkt er Milch mit Honig.

Kapitel 8

Lebensenergie

Ich blinzele in die Sonne. Schemenhaft nehme ich die goldroten Baumkronen des Retiro war. Ein einzelnes Blatt fällt zu Boden.

Ich spaziere den Paseo del Duque Fernán Núñez entlang und beobachte das Herbstlaub, das vom Wind in kleinen Wirbeln über die Wege getrieben wird. Der Herbst ist meine liebste Jahreszeit.

Nach einer Weile komme ich zur Statue Luzifers. Ich setze mich auf eine Parkbank schräg gegenüber und fange an…

Ich spüre meinen Körper als ganzen hier im Park… Behutsam lasse ich meine Aufmerksamkeit in meinen Körper kommen… in die Füße… die Unterschenkel… die Knie… die Oberschenkel… Ich spüre den Kontakt meines Körpers zur Bank… Spüre, wie ich getragen werde… Ich spüre meinen Rücken… meine Schultern… meine Oberarme… meine Unterarme… nehme wahr, was meine Hände berühren… Dann lasse ich ganz sanft meine Aufmerksamkeit ins Innere meines Körpers gehen… in den Hals… den Brustkorb… den Magen und den Bauch… Ich verweile ein wenig dort… mit ganz freundlichem Interesse… Ich lade den gefallenen Engel ein… Da ist ein Druck im Herzen… Ich bleibe dabei und vergleiche das Wort »Druck« damit, wie es sich anfühlt… Es ist eher so, als würde da etwas nach unten gezogen... als würde etwas fallen... ins Bodenlose... Ich vergleiche wieder... »Fallen ins Bodenlose« passt haarscharf. Ich spüre, etwas in mir fühlt sich so, als falle es ins Bodenlose... Ich begrüße das: »Hallo, ich sehe, du bist da.« Ich spüre nach, ob es okay ist, dabei zu bleiben... Unmut steigt auf... Etwas in mir ärgert sich darüber. Ich begrüße auch das... Ich spüre, etwas in mir fühlt sich so, als falle es ins Bodenlose, und etwas in mir ärgert sich darüber. Und beides ist da. Ich halte beides in meinem Bewusstsein, in meiner Präsenz... Ich spüre nach, ob es richtig ist, mit beidem so dazusitzen, oder ob das eine oder das andere zuerst meine Aufmerksamkeit braucht... Das, was sich ärgert, zieht meine Aufmerksamkeit auf sich.... Ich wende mich ihm zu... Es ärgert sich über das, was ins Bodenlose fällt. Das soll nicht da sein. Ich lasse es wissen, dass ich seinen Ärger höre... und lade es ein, mir mitzuteilen, welches Gefühl es nicht für mich will... Es will nicht, dass ich immer wieder von der Vergangenheit eingeholt und heruntergezogen werde. Dass ich davon am Leben gehindert werde. Ich sage zurück: »Ich höre, dass du nicht möchtest, dass ich immer wieder von der Vergangenheit eingeholt und heruntergezogen und am Leben gehindert werde. Vielleicht magst du mich wissen lassen, was du für mich willst, welches Gefühl.« »Dass du die Vergangenheit hinter dir lässt. Dass du voller Kraft bist, dein Schicksal wieder in die eigene Hand zu nehmen! Dass es weiter geht!« Als ich das anerkenne und zurücksage, entspannt sich dieses Etwas. Jetzt ist der Weg frei zu dem anderen Etwas, das sich so fühlt, als falle es ins Bodenlose... Ich bleibe dabei... Ich spüre nach, wie es sich genau fühlt... von seinem Standpunkt aus... Es fühlt sich so, als würde es weggestoßen... von dem anderen Etwas... von dem, das möchte, dass ich die Kraft habe, mein Schicksal in die eigene Hand zu nehmen, und dass es weitergeht... Eigentlich nicht weggestoßen... eher... Verstoßen! So wie Luzifer! Verstoßen aus dem Himmel! Ich lasse es wissen, dass ich es höre: »Ich höre wirklich, dass du dich so fühlst, als wärest du aus dem Himmel verstoßen worden. So wie Luzifer.« Das gefällt dem Etwas... Ein Funken Hoffnung glimmt auf... Ganz achtsam bleibe ich dabei... »Vielleicht magst du mir sagen, was sich richtig anfühlen würde für dich.« »In die Vergangenheit zurückkehren... und die Scherben aufsammeln... Und dann die Flügel nicht länger hängen lassen... Nicht länger am Boden liegen bleiben... Wieder aufstehen... Die Flügel ausbreiten... Und losfliegen... Zurück in den Himmel...«

Wow! Beide Teile wollen im Kern das Gleiche! Als ich das beiden zurücksage, verbinden sie sich zu einem kraftvollen Ganzen... Energie durchströmt meinen Körper... Sie füllt alles aus... Ich fühle ein Prickeln und Vibrieren in Armen und Beinen... pure Elektrizität... Das ist die Kraft, die Scherben der Vergangenheit aufzusammeln und mein Schicksal wieder in die eigene Hand zu nehmen! Ich bleibe eine Weile sitzen und genieße die frische Lebensenergie, die alles antreibt, aus der sich alles speist, die alles Lebendige im Universum durchströmt. Auch ich bin Teil davon. Die Scherben der Vergangenheit aufsammeln! Das Schicksal wieder in die eigene Hand nehmen!

Sonnenlicht spiegelt sich auf Luzifers muskulösem Körper.

Eine traumlose Nacht.

Epilog

Der erste Glockenschlag ertönt vom Turm über der Casa de Correos. Der Platz an der Puerta del Sol bricht aus allen Nähten. Eifrig stopfen sich die Menschen um mich herum die erste Weintraube in den Mund. Dann die zweite, dann die dritte. Nora steht an meiner Seite und hält meine Hand.

Der zwölfte Glockenschlag verstummt. Das Jahr 2000 ist Vergangenheit. Übermorgen geht unser Flieger nach Deutschland. Ein wohliges Gefühl im Bauch. Das Leben geht weiter.

Inzwischen hat Al Gore die Wahl in den Vereinigten Staaten gewonnen und George W. Bush wird Präsident. So ist die Welt. Auch das Jahr 2001 wird große Veränderungen bringen. Nicht nur für mich persönlich. Da bin ich ganz sicher. Ich bin bereit!

Danksagungen:

Mein besonderer Dank gilt Gene Gendlin, durch den alles erst möglich wurde, und meiner Mentorin Ann Weiser Cornell, von der ich das, was möglich ist, gelernt habe. Bedanken möchte ich mich außerdem bei Michael Helmkamp, meinem ersten Focusing-Lehrer, der mich bei meinen ersten Focusing-Schritten unterstützt hat. Die Focusing-Tage in der Königstraße in Münster werden mir immer in Erinnerung bleiben. Zuletzt bedanke ich mich bei meiner langjährigen Focusing-Partnerin Lali, ohne die ich nicht da wäre, wo ich heute bin.

Über den Autor:

Arno Katz ist vom Focusing Institute New York zertifizierter Focusing Trainer. Er bietet das komplette Trainingsprogramm des Inner Relationship Focusing und Focusing-Sitzungen am Telefon und über Skype an.
Hauptberuflich ist er Studienrat und unterrichtet Englisch und Deutsch. Er ist verheiratet und hat zwei Kinder.

Seine Email-Adresse lautet: *arnokatz@focusing.me*

Seine Webseite findet sich unter: *www.focusing.me*

Weiterführende Literatur:

Weiser Cornell, Ann: *Die Kunst des Annehmens – Leben und Arbeiten mit Focusing*. BoD, Norderstedt 2013.

Anhang: Focusing-Selbstinstruktionen

Nach innen gehen
Ich nehme mir Zeit, in meinen Körper hinein zu spüren, erst in die äußeren Bereiche, dann in Hals, Brustkorb, Magen und Bauch.
Was braucht jetzt meine Aufmerksamkeit (zu einem bestimmten Thema)?

Kontakt aufnehmen
Ich spüre etwas...
Ich begrüße es/erkenne es an.
Ich spüre nach, auf welche Weise es möchte, dass ich bei ihm bin.
Ich finde die beste Art und Weise, es zu beschreiben.
Ich überprüfe die Beschreibung mithilfe meines Körpers.

Kontakt vertiefen
Ich spüre nach, ob es in Ordnung ist, einfach dabei zu sein.
Ich bleibe mit interessierter Neugier dabei.
Ich spüre nach, wie *es* sich von *seinem* Standpunkt aus fühlt.
Ich spüre nach, ob es eine emotionale Qualität hat.
Ich lasse es wissen, dass ich es höre.
Ich bin offen für alles Weitere, das es mir mitteilen möchte.

Hinausgehen
Ich spüre nach, ob es in Ordnung ist, bald aufzuhören.
Ich lasse es wissen, dass ich zurückkehren werde.
Ich bedanke mich bei allem, was gekommen ist.

Hinweis zu den Selbstinstruktionen:

Die vier Phasen des Prozesses, *Nach innen gehen*, *Kontakt aufnehmen*, *Kontakt vertiefen* und *Hinausgehen*, sollten eingehalten werden. Innerhalb der Phasen ist die Reihenfolge der einzelnen Instruktionen variabel. Nicht immer müssen alle Schritte erfolgen. Auch der Wortlaut kann variiert werden.
Falls Sie alleine nicht weiterkommen, sollten Sie eine Focusing-Lehrerin oder einen Focusing-Lehrer kontaktieren.